高橋佳子

希望の王国

地図にない国を求めて

三宝出版

目次　*contents*

プロローグ　2
忍土暗夜　17
曙光　35
地図にない国を求めて　53

プロローグ

「希望の王国」を求めて

暗夜《あんや》は続いている

東日本大震災から二年目の三月十一日――。

走馬燈《そうまとう》を見るようにこの歳月を顧《かえり》みながら、私は、鎮魂《ちんこん》の祈りを捧《ささ》げていました。

折々に訪《おとず》れた仙台、松島、石巻《いしのまき》、気仙沼《けせんぬま》、南三陸、陸前高田《りくぜんたかた》、大船渡《おおふなと》、福島、伊達《だて》、南相馬《みなみそうま》……。大津波によって、すべてを失い、すっかり様変わりしてしまった街《まち》の痛み。壊《こわ》れたり流されたりはしていないのに、すべてが根底から失われてしまった土地の絶望――。そうした苛酷《かこく》な運命を背《せ》負《お》うことになった街々とその人々のことを想っていたのです。

心引き裂《さ》かれる想いが蘇《よみがえ》りました。それぞれの場所で受けとめた、今は亡《な》き魂たちの切《せつ》ない想いが流れ込んできました。この震災に巻《ま》き込まれた人々も、それを見守っていた人々も、その魂は深い傷を負《お》いました。

今、故郷《こきょう》を離れて遠くに移り住む人々は何を想っているのでしょうか。地元に残って復興を待ち望む人々は何を見つめているのでしょうか。そして命を奪《うば》われ犠牲《ぎせい》となった多くの魂たちは何を願っているのでしょうか。

彼らは別々の場所にいても、皆、心を寄り添《そ》わせるように被災地のことを想い続けている。被災地がこれからどのような道を歩んでゆくのか、固《かた》唾《ず》を呑《の》んで見守っている――。私はそう感じていました。

しかし、被災地の現状は、二年の歳月が経《た》った現在でも、多くの問題を抱《かか》えたままです。

復興の足取りが遅々《ちち》として進まず、苛立《いらだ》ちを隠《かく》せない地域。具体的な段階に至《いた》って、町や市が示《しめ》した復興案と住民の気持ちの間に大きなずれが生じている地域。また、住宅を元あった海辺に盛り土をして建てるのか、それとも高台に建てるのか、復興に対する意見の相違《そうい》が住民の間に深刻な対立を生んでいる地域もあります。

被災された方々の状況にも大きな違いが現れています。同じ被災者と言っても、たくましい生活力をもって自ら道を切り開く方々が現れる一方で、生計の目処《めど》も立たず、将来の生活を思い描《えが》くこともできない人々がいます。時が経てば経つほど、事態は拡散《かくさん》し、多様な様相を見せて、一つのやり方ですべてを解決することはますます困難になっています。

そして福島の原子力発電所事故がもたらした放射性物質拡散の問題は、未《いま》だその解決のありようすら、描くことができない状態です。今なお十五万人の人々が自宅に戻《もど》ることができず、県外に避難《ひなん》し生活する人々の中には、故郷に帰ることへのあきらめが生まれ始めています。一方、地元に残った人々も根強い風評被害を被《こうむ》り続けているのです。

被災地の暗夜はまだ続いています。

人々の心の声は「希望」の力を教えている

そしてだからこそ、私たちはもう一度、被災された人々の心に戻《もど》って、これからの道を尋《たず》ねてゆかなければならないと思います。

被災地の方々と一緒に歩む想いで出版させていただいた拙著《せっちょ》『果てなき荒野《こうや》を越えて』『彼《か》の地へ』の読者の方々から出版社にお寄せいただいた言葉には、そのための大切な手がかりが示《しめ》されているように思われました。

「三春《みはる》の滝桜《たきざくら》の写真を見て涙がこぼれました。震災前は何度もこの桜に会いに行ったものです。昨年は、どこにも行かずにずっと落ち込んでいました。この本を読んで、少しずつ外出できそうです。また滝桜に会いに行きたいと思います。

時々、『3・11の前に戻《もど》りたい』と無性《むしょう》に思うことがあります。しかし、もう戻れないんですね。著者の『今から／ここから／始めなければならない』という言葉に『もっと前を向いて歩いてゆきます』と思いました」（福島県・四十代・農業）

「私も、あの日、あの大震災で、今まで家族で築《きず》き上げたすべてのものを失いました。家も仕事場もすべてです。私と娘も津波に呑《の》まれ、『もうだめだ』と死を覚悟《かくご》しました。『せめて娘だけは助かってほしい』と祈りながら、渦巻《うずま》く波にどうすることもできず、『ナムアミダブツ』と必死に唱《とな》えていました。すぐに引き波があり、私は幸いにも瓦礫《がれき》に挟《はさ》まれたところを助けられ、娘も助かっていました。

津波の後の町は、家々は壊《こわ》され、流され、住んでいたところはすべて水の中に沈《しず》んでいました。着の身着のままで、涙の一滴《いってき》も出ませんでした。これから先、どのように生きていったらいいのか、目の前が真っ暗で体中から力が抜《ぬ》け、すべてが嫌《いや》になり、自分で自分のことをどうすることもできなくなっていました。親戚《しんせき》、同級生、友人、知人、あまりに多くの人をいっぺんに失いました。こんなに恐ろしいことがあっていいのだろうか。あれから二年が経《た》とうとしているのに、どこをめざしていったらいいのかわからず、夜、亡《な》くなった人たちのことを考えると熟睡《じゅくすい》できませんでした。

でも……。『彼の地へ』を読んで、一すじの光が私の身体の中に入ってきたような気持ちです。その光をめざして、これから私も、『彼の地』へ進んでゆけばいいんだと思いました。ありがとうございました」(岩手県・五十代女性)

被災地から届《とど》けられた千を超える声の多くには、苛酷《かこく》な現実の下《もと》で、しかし、その現実を引き受け、新たな一歩を踏《ふ》み出そうという想いが刻《きざ》まれていました。私の小さな本を縁《えん》としてそのような想いを抱《いだ》いてくださったことは、身に余《あま》る反響以外の何ものでもありません。

人々が直面した現実――。それは、肉親の死や伴侶《はんりょ》の死、かけがえのない友人の喪失《そうしつ》であり、家や会社など、それまでの人生で築き上げてきた一《いっ》切《さい》の喪失です。人々は何もかもをなくして深く傷つけられ、絶望するほかない状況に置かれたのです。

呆然《ぼうぜん》と立ち尽《つ》くし、生きる術《すべ》をなくしかけた人々。あの日を思い起こすことさえ恐ろしく、外に出かけることさえ困難な時期を長く過ごしていた人もあります。そのような人々が、もう一度立ち上がり、前を向いて歩み出そうとすることは、どれほど大変なことでしょうか。

そのとき、人々の中に生まれているもの――。それが「希望」と呼ぶべきものだと私は思うのです。重要なことは、外側にある困難な現実はまだ何も変わっていないのに、この方々が新たな力を得たという事実です。

人々の切《せつ》なる声は、震災という試練だけではなく、大きな試練を前にした私たちに本当に必要なのは、自ら見出《みいだ》す「希望」であることを改めて教えてくれたのです。

「崩壊《ほうかい》の定《さだめ》」に抗《あらが》う魂こそが希望ではないか

私たちが生きる世界は、どんなに安定し、秩序《ちつじょ》立っているように見えても、決して楽園や天国ではなく、何かあれば、刃《やいば》をむき出しにし、あらゆるものを傷つけかねない「荒野《こうや》」にほかなりません。

そこには、一切《いっさい》を崩壊へと押し流している圧倒的な流れがあります。私が「崩壊の定」と呼んできたものです。

自然も人間も、人間のつくり出したものも、この世界にあるものは、その影響を免《まぬが》れることはできません。すべては、古び、すり減り、錆《さ》びつき、朽《く》ちて、瓦解《がかい》してゆく運命の下《もと》にあります。

また、思いもかけぬ震災がそうであったように、いついかなるとき、突然何が起こるかわからない世界です。

この世界に身を置く以上、どんなに順調や安定を望んでも、私たちは思い通りに生き続けることなどできません。そしてすべての試練を避《さ》けることもできないのです。

しかし――。人間は、その「崩壊の定」にただ支配されているだけではありません。その絶対の理《ことわり》に抗い、ときにはそれを凌駕《りょうが》し、その流れを逆転させることすらできるのです。

あの日、大地震の後、迫《せま》り来る絶望的な状況の中で、それでも人々を助けようと奔走《ほんそう》し、また自らの使命を感じて命を投げ出した人たち――。

彼らは、一切を無力化する圧倒的な崩壊への流れの中で、それに抗い、守るべきもの、求めるべきものに応《こた》えようとしていました。それは、混乱する事態の中で、新たな秩序さえ生み出そうとしていました。それは、「崩壊の定」の下にありながら、その流れと逆行する確固とした力の発現でした。

ではいったい、何がそんなことを可能にするのでしょうか。

それが「魂」というものだと私は思います。

たとえ深く傷ついていても、「魂」とは、すべてを崩壊に向かわせ、拡散《かくさん》させる世界の流れをせき止め、一つに統《す》べようとする生命の核心《かくしん》であり、意志の根源《こんげん》です。

普段、私たちの前には姿を現すことなく隠《かく》れていながら、実は、すべてを支《ささ》えてやまないもの。心の奥深くに存在し、私たちの大本で、時を超越し、世界のつながりを知って、はたらき続けているものです。

魂に触《ふ》れるとき、どんな苦難や試練の下でも、それに翻弄《ほんろう》されることなく、自分を超えて、刹那《せつな》を超えて、今何が本当に必要なのか、その「呼びかけ」を捉《とら》えることができます。そして本当に守るべきもの、求めるべきものを見出《みいだ》すことができます。

この守るべきもの、求めるべきものとは、拙著《せっちょ》『彼《か》の地へ』の中で描《えが》いた、試練を背負《せお》ったからこそ、苦しんだからこそ、私たちがめざさなければならない場所――一人ひとりの「彼の地」のことでもあります。

もし、「崩壊の定」が支配する世界の中にあって、どんな困難な状況や試練の下でも、自分を見失うことなく、そこからの呼びかけを聴いて、守るべきもの、求めるべきものを見出すことができたらどうでしょう。

そのとき、私たちの中には、必ず、希望の灯《ひ》が点《とも》ります。

だからこそ、私は、苦難や試練を前にしたとき、魂の力こそが、私たちにとっての本当の「希望」なのではないかと思うのです。

魂を抱《いだ》く私たちだから、圧倒的な崩壊への流れの中にあっても、それぞれの場所で、本当の希望を見出すことができる――。

たとえ、千の試練があっても、万の苦難があっても、それを引き受ける一人ひとりの中から、千の希望の道が生まれ、万の希望の道が生まれてくるのです。

それこそ、私たちが求めるべき「希望の王国」なのではないでしょうか。

希望の道を示《しめ》す人々

試練の中から開かれてゆく希望の道――。それは、この震災とそれ以降の日々の中で、人々が示し続けたものでした。

三重県にある漁業会社の五代目の社長、中村将照《まさてる》さん。震災の状況を知ったとき、南太平洋への出漁《しゅつりょう》準備をしていたマグロ船をすぐに支援《しえん》のために三陸に向かわせようと決断しました。

そのときの気持ちは「行かなきゃ」――。

実は、中村さんには、昔祖父から聞かされていた、伊勢湾《いせわん》台風のときの記憶がありました。ちょうど三陸沖で漁《りょう》をしていた祖父は、三陸の人たちが食糧や木材を船に積《つ》んでくれ、それを地元に持ち帰って本当に助けられたという恩義《おんぎ》を語り継《つ》いでいたのです。

今度は、自分たちが応《こた》える番――。その一歩によって、陸の孤島《ことう》と化《か》して困窮《こんきゅう》していた牡鹿《おじか》半島のいくつもの漁村に物資が届《とど》けられ、村の人々は助けられたのです。

そのとき、中村さんを動かしたのは、道理でしょうか。道徳心でしょうか。私はそうではないと思います。そうではなく、心の奥からわき上がる、やむにやまれぬ意志――言葉にならない疼《うず》きだったと思います。

また、気仙沼《けせんぬま》市で地域に根ざした営業を続けてきた自動車ディーラーの千田満穂《ちだみつほ》さん。おびただしい数の車が津波に流されるのを目《ま》の当たりにしました。車なしには生活することもままならない地域です。何とかしなければ……。千田さんは、その直後にメーカーにあった軽自動車百台を買い取り、愛車を失ったお客様に無償《むしょう》で代車として貸《か》し出すことを決断しました。

「多くの人々に支《ささ》えられてここまできた。だから今度はわれわれがご恩《おん》をお返しする番だ」

損益《そんえき》を度外視《どがいし》して対応するのに「何のためらいもなかった」と千田さんは語られます。その行動もまた、考えた結論という以上に、内から衝《つ》き上げてくる力に動かされたものだったと私は思います。

さらに、宮城県女川町《おながわちょう》で水産物加工会社を経営する山本丈春《たけはる》さん。サンマ漁で知られる女川町は、市街の七〇%が全壊《ぜんかい》という、津波の被害がもっとも深刻だった町です。山本さんも津波で港近くにあった八つの工場をすべて失いました。これまで築《きず》いてきたもの一切《いっさい》をなくしたのです。

「いっそ廃業《はいぎょう》したら肩の荷《に》が下《お》りてもっと楽だったかもしれない」

しかし、窮乏《きゅうぼう》に堪《た》えた震災後、倉庫ごと流されたサンマの天日干《てんぴぼ》しが町の人々の大切な食糧となったという話を聞いて想いを変えました。

女川はサンマの町――。町が描《えが》く新しい水産加工団地のために、所有していた土地を一旦《いったん》町に売却し、その計画に加わることを決心したのです。

「復興には模範《もはん》解答はない。子孫《しそん》に新しい形の復興を残してあげた方がいいのではないか」

それは山本さんが、震災後の日々の中で自問自答《じもんじとう》を重ねながら見出《みいだ》した呼びかけに対する応《こた》えであり、何よりも、心の深奥《しんおう》――魂がうなずく道だったと私には思えるのです。

被災地の街々《まちまち》、その日々には、このような生き方がどれほど刻《きざ》まれていることでしょうか。魂からのやむにやまれぬ想いで、自分を超えて人々のことを想い、街のことを想って一歩を踏《ふ》み出す。難《むずか》しい状況を切り開く道が生まれる。それは、どれほどの励《はげ》ましとなり、希望となるでしょうか。

こんな事態の中でこう歩んだ人がいた。これほどの試練に向き合ってこう生きた人たちがいた――。それは誰《だれ》かの現実ということを超えて、私たちを根底《こんてい》から励まし、そして導《みちび》いてくれさえする「希望の道」なのです。

試練はあっても絶望はない

今、人々に、もっとも苛酷《かこく》な現実を突《つ》きつけている被害の一つが、原子力発電所の事故によって拡散《かくさん》した放射性物質の影響であることに異論《いろん》を唱《とな》える方は少ないはずです。

その現実の下《もと》でも「希望の道」と呼ぶほかない道を切り開こうとしている人たちがいるのです。

茨城県霞ヶ浦《かすみがうら》にある佃煮《つくだに》の製造販売会社（本書第3章「地図にない国を求めて」の2番目に写真を掲載）をご家族とともに営《いとな》んでいる戸田弘美さんも、今回の震災によって、今までに経験したことのない試練に直面することになりました。昨年のことです。拡散した放射性物質によって、霞ヶ浦で獲《と》れる佃煮の材料となる小魚が汚染《おせん》されるという深刻な事態になったのです。

戸田さんは、私が提唱《ていしょう》する「魂の学」を実践する同志のお一人ですが、放射性物質の問題は、これまで考えたこともないものでした。当初、戸田さんは「この問題は大きすぎて自分などの手に負《お》えるものではない。一つの会社ではどうにもならない」という想いに呑《の》み込《こ》まれていたのです。

誰《だれ》に聞いても十人中十人が「あきらめた方がいい」と助言しました。戸田さんも「無理だろう」と思いました。戸田さんだけではありません。霞ヶ浦で同じように加工業を営んでいる同業者のすべてが、「しばらくは佃煮をつくることはできないだろう」と考えていたのです。

そんなとき、私は、戸田さんとお会いする機会があり、経緯《けいい》と状況をお聞きした後、「大きな試練が来ているけれど、でも必ず一本の最善の道がありますす」とお伝えしました。

霞ヶ浦での漁《りょう》に基《もと》づく食品加工は、長年の伝統ある生業《なりわい》です。それは多くの同業者の皆さんの人生とともに営まれてきたものです。

「きっと道はある。ただあきらめるのではなく、できることを尽《つ》くしてはどうか、放射能を低減《ていげん》する方法を追求してみてはどうか」と提案させていただいたのです。そして環境問題の第一人者である大学の名誉教授にサポートをお願いしました。

戸田さんの中で、守りたかったもの、めざしたかった場所――自分が願っていることがはっきりとした瞬間でした。

それからの戸田さんは見違えるようでした。まさに魂が目覚《めざ》めたように突《つ》き進み、いくつもの壁《かべ》と闘《たたか》い続けたのです。

県の水産事務所に試《こころ》みを説明し、測定用の材料を分けてもらえるように交渉《こうしょう》し、補償《ほしょう》が出るからと漁に出ることをあきらめていた漁師さんたちにも頭を下げて漁を続けてくれるように説得しました。不思議なことに戸田さんが強い意志をもって進み始めると、関わる方々が積極的な助力者となって協力してくれるようになりました。

そうして戸田さんたちは、来る日も来る日も、実験を続けました。もちろん、実験と言っても、いわゆる実験用の試験管やビーカーの中の実験ではありません。佃煮の加工場を実験室に見立てて、材料を何十キロも使用する大釜《おおがま》を使った実験でした。それでも条件を細かく変えて――たとえば、釜《かま》の種類、ゆで時間、ゆで汁《じる》や煮汁《にじる》の使用回数などを変えて、材料に残った放射性物質の濃度を計測し続けました。

ワカサギやエビの漁が解禁される初夏《しょか》から夏にかけて数カ月の間、延《の》べ百回以上の実験を繰《く》り返して、戸田さんたちは、ついに検出限界に近い値まで、測定値を下げることに成功したのです。

仕入れの条件に厳《きび》しかったデパートやスーパーも合格の印《いん》を押してくれ

ました。市長や県知事に安全の報告を行うこともできました。

そしてその取り組みを同業者の集まりで公開しました。戸田さんたちの挑戦と、切り開いたその道は、その方々にどれほどの励《はげ》ましと勇気をもたらしたでしょうか。霞ヶ浦一帯の生業は存続し得る――。その取り組みは地元の新聞にも取り上げられ、業界と地域が一体となって、希望をもって、新たなチャレンジを始めることになったのです。

この現実を、スタートの時点で、想像できた人がいたでしょうか。誰一人挑戦すら考えつかなかった現実でした。その新しい現実を、戸田さんたちは多くの人々の協力を得て、自ら具現《ぐげん》させたのです。

もちろん、霞ヶ浦の状況は、刻々《こっこく》と変化しています。条件次第では、さらに困難な状況に直面することも十分あり得ることです。

しかし、今、戸田さんには一つの揺《ゆ》るぎない確信があります。

「試練はあっても、絶望はない――」

どんな厳しい現実でも「試練は呼びかけ」であり、自分の願いを確かにしてその呼びかけに応《こた》えるとき、未《いま》だ見えない現実を必ず引き出すことができると感じているのです。

そしてそれは、試練に出会っているすべての人々に共通する道です。戸田さんの実践は、彼女一人のものでもなければ、この地域だけのものでもなく、その歩みを知った人々に受け継《つ》がれ、それぞれの場所で再生産されてゆく現実にほかならない――。私はそう信じています。

一人ひとりの心深く、魂につながった志と願いが何を起こしてゆくのか、それは本当に計《はか》り知れないものなのです。

「希望の王国」を求めて

私たちの国が、震災という苦難をどのように受けとめ、乗り越えてゆくかということは、間違いなくこれからの未来をつくる礎《いしずえ》となるものです。

そしてどんな試練の下《もと》でも、本当に求めるべきもの、めざすべき場所を与《あた》えて道を切り開く魂の力は、一人ひとりの現実だけではなく、それを超えて、時代社会や、私たちの国をも支《ささ》え導《みちび》く大きな力にほかなりません。

今、日本は、これまでにない試練の時代を過ごしています。かつてジャパン・アズ・ナンバーワンと言われたことが嘘《うそ》のように、経済は低迷《ていめい》し、国力は下降の一途《いっと》をたどってきました。

一九六〇年代にその後の日本の飛躍的な成長を予言したことで知られる英国エコノミスト誌は、最近発表した『二〇五〇年の世界』という報告の中で、日本が二〇五〇年には、世界史上もっとも高齢化の進んだ社会になり、人口動態（人口数と人口構造の変化）によって、世界でもっとも大きな負《ふ》の力を受けると指摘《してき》しています。

新たな政権下での取り組みも始まっていますが、すでに社会に山積《さんせき》する問題群を念頭《ねんとう》に置くならば、わが国の困難な未来図は、現実的な問題にほかならないでしょう。

しかし、何よりも重要なことは、そこに届《とど》いている「呼びかけ」をどう受けとめ、それにどう応《こた》えてゆくかということではないでしょうか。

私たちが直面するのが、人類が体験したことのない社会なら、そこで生み出せる可能性も、人類が体験したことのない新たなものであるはずです。今私たちが直面する試練の時代は、これまでの社会のあり方が大きく流動化する変動の時代として受けとめられるべきものなのです。

ここ数世紀の間、人類はその可能性の多くを科学技術によって切り開いてきたと言っても過言《かごん》ではありません。科学技術は、私たちの外側にある世界、物質の可能性を極限まで引き出すことで、現実を大きく変貌《へんぼう》させてきました。世界を支配する「崩壊《ほうかい》の定《さだめ》」に打ち勝とうとすらしてきました。わが国も、その歩みを推進《すいしん》した一国です。

その歩みを通じて、人類は、世界が抱《かか》えてきた様々な負の現実――病や貧困《ひんこん》、そして戦争などの問題を解決しようとしてきたのです。様々な病の原因と治療法が見出《みいだ》され、多くの国の生産力が増大しました。繰《く》り返された世界大戦の終結やいくつもの紛争《ふんそう》の和平が実現されました。その結果、いわゆる貧病争《ひんびょうそう》の密度は小さくなったかもしれません。

しかし、人類は、神の業《わざ》にも匹敵《ひってき》する強大な力を手にした一方で、負の現実をなくそうとすればするほど、新たな脅威《きょうい》に直面しなければならなくなりました。しかも、新たに生まれた問題は、人類自身を滅《ほろ》ぼしてしまいかねないほどの脅威であり、私たちは、その不安を抱えて生きなければならない時代を迎《むか》えてしまったのです。

深刻な環境破壊《はかい》しかり、地球を何度も滅ぼせる核兵器しかり、多くの国の土台を揺《ゆ》るがした金融危機しかり、そして現在わが国で、暗い影を落とし続けている原発事故しかりです。

もちろん、科学技術自体が問題なのではありません。物質の可能性を引き出す科学技術の発展は、人類の進化の一つの象徴《しょうちょう》とも言えるものです。

しかし、私たちは、肥大《ひだい》した外なる力に見合うだけの内なる力を必要としていることではないでしょうか。物質を操《あやつ》る巨大な力に見合うだけの魂の重心を求めなければならないのではないでしょうか。

そして外側に肥大した世界の歪《ひず》みを修正し、新たな可能性を開くために、見える次元と見えない次元、外界と内界、過去と未来……を一つに結ぶ、新しい哲学、新しい思想を必要としていると私は思うのです。

私たちの国は、古来《こらい》より目に見えない魂の存在、深い精神性を重んじてきました。大和魂《やまとだましい》という言葉はそれを物語るものです。時を超えて錬磨《れんま》され、純化されてきた精神の形――「もののあはれ」に通じ、人と人の絆《きずな》を大切にし、はかりごとのないまっすぐな心を日本人は求めてきたのです。

魂を重んじる生き方――。それを、過去に戻《もど》るためではなく、これからの時代のために、私たちは新たに掲《かか》げるときを迎《むか》えています。本当の豊かさ、本当の自由を実現するために、私たちは魂を必要としているのです。

日々変動する世界を生きる私たちにとって、揺れ動くことのない中心軸《じく》、魂の感覚を引き出すことはその始まり――。その大切さは、どんなに強調してもし過ぎることはないほどです。

時を超越し、世界に張り巡《めぐ》らされた絆を知る一人ひとりの魂の中から生まれてくる希望の道――。幾《いく》すじもの、数え切れないその道の軌跡《きせき》が、必ずや私たちの「希望の王国」をつくってゆくと、私は信じています。

二〇一三年三月

高橋　佳子

忍《にん》土《ど》暗《あん》夜《や》

半壊した文明の足もとで
現代という夜が
口を開《あ》ける。

全能を謳《うた》う
誇《ほこ》るべき技術に
生存を脅《おびや》かされ
故郷《こきょう》を追われた
人々の尊厳は
いったいどこにあるのか。
幻《まぼろし》の必要を起こす輪廻《りんね》の中で
モノはあふれても
魂は空《むな》しさに曝《さら》されている。

闇《やみ》は闇を重ね
深淵《しんえん》は深淵を呼ぶ。

夜明けは
遠いかもしれない。

しかし
その底から
往《ゆ》くべき道は現れるだろう。
その淵《ふち》にこそ
来たるべき未来は訪れるだろう。

福島県双葉郡（福島第一原子力発電所）

人手を失って
荒ぶる世界に
術《すべ》なく身をまかせた。

人影をなくして
底知れぬ空虚さに
またたく間に呑《の》み込まれた。

何もかもを産み出し
光り輝《かがや》いていた
この大地が
豊饒《ほうじょう》の力を
取り戻《もど》すのはいつか。

無常の力に抗《こう》して
新たな何かを生み続けていた
この街《まち》が
そのたくましさを
甦《よみがえ》らせるのはいつか。

住処《すみか》を失い
心をもがれた人々は
助けることも叶《かな》わず
寄り添《そ》うことすらできずに
そのときを待っている。

福島県双葉郡

過ぎゆく時の重みが
じりじりと
私の肩に
のしかかる。

無為《むい》に巡《めぐ》る日々が
きりきりと
私の胸に
穴を開《あ》ける。

何も変わらず
何も動かない。
空は晴れず
明日《あす》は見えてこない。

それでも私は
自分に言い聞かせる。

この重さが
新しい道を開くのだ。
この痛みが
正しい道を導くのだ。

私はそうやって
一日一日の
向こうに続く
未来を想っている。

岩手県大船渡市

忽然《こつぜん》と
姿を消したものたちが
至《いた》るところに
そこはかとない
気配《けはい》を残している。

たとえ見えなくても
無に帰《き》したのでも
終わりでもないことを
かすかな徴《しるし》で
伝えている。

街《まち》を通り抜ける風に
木立《こだち》の葉ずれに
雨の後の土の匂《にお》いに
面影《おもかげ》と声が
ふと現れる。

だから人々は
いつまでも
彼らと語り続ける。

その徴を見つけ
その跡《あと》を尋《たず》ねて
彼らと歩み続けてゆく。

宮城県仙台市

夕暮れの静寂《しじま》に
彼らの想いが
あふれるように
流れてくる。

伝わらなくても
伝えたい。
届かなくても
届けたい。

私はここにいる
いつでも傍《そば》にいる――。
切《せつ》なくもやさしい想いが
流れてくる。

海辺の街《まち》に
想いを残す魂たちが
家族の日々を
見守っている。

波のように
たゆたいながら
人々の行方《ゆくえ》を
案じている。

父母《ちちはは》よ。
孝行もできず
先に逝《い》った子を
許してほしい。
正直に生きる姿を
ずっと誇《ほこ》りに思っていた。
あなたたちを倣《なら》って
もっと生きたかった。

いとしい
子どもたちよ。
気高《けだか》くたくましく
生きておくれ。
もう手を貸して
力になることはできないが
どんなときも私は
お前たちの味方でいる。

わが故郷《ふるさと》よ。
多くを失い
傷つき疲れても
それでも私には
かけがえのない魂の家
唯一《ゆいいつ》の場所だ。
もう一度
輝《かがや》く日を見せてほしい。

わが故郷《ふるさと》よ。
いとしい子どもたち。
父母よ。

宮城県仙台市

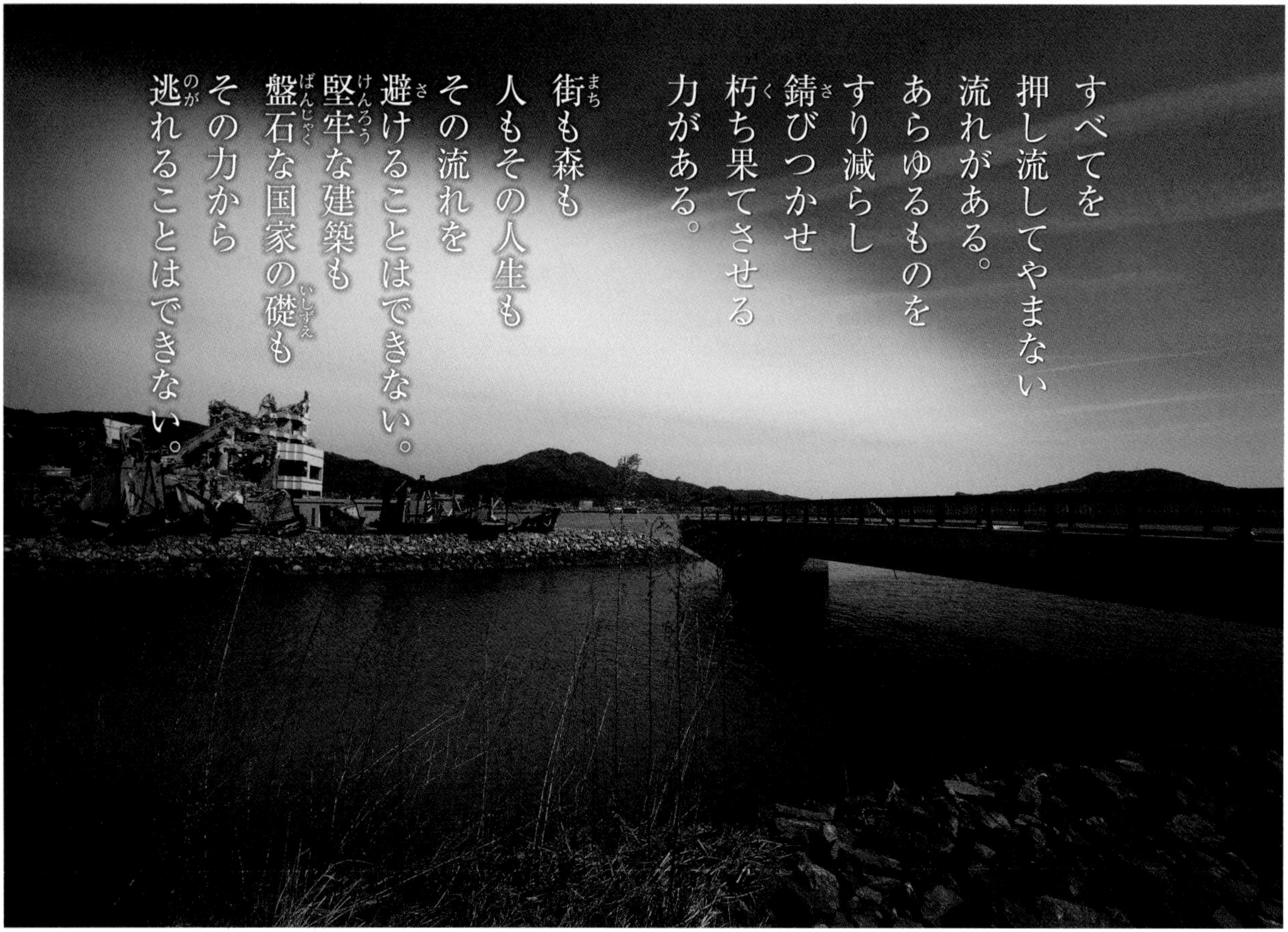
すべてを
押し流してやまない
流れがある。
あらゆるものを
すり減らし
錆《さ》びつかせ
朽《く》ち果てさせる
力がある。

街《まち》も森も
人もその人生も
その流れを
避《さ》けることはできない。
堅牢《けんろう》な建築も
盤石《ばんじゃく》な国家の礎《いしずえ》も
その力から
逃《のが》れることはできない。

忘れていても
人間が営《いとな》むすべての現実は
崩壊《ほうかい》と浸食《しんしょく》に向かっている。

でもだから人は
変わらぬものを求めるのだ。
壊《こわ》れぬものを探すのだ。
濁《にご》りない誠実を。
裏切らない約束を。
永続する真理を。

岩手県陸前高田市

たとえ
傷つけられ
挫《ざ》折《せつ》を味わっても
世界は変わらずに
新たな一日を始めている。

たとえ
夢を砕《くだ》かれ
愛する人を失っても
世界は変わらずに
新たな経《へ》廻《めぐ》りを続けている。

何が起こっても
何もなかったように
世界は迎えてくれる。
ただ黙々と
自らの限りを尽《つ》くして
世界はあり続ける。

だからやがて
人はその中で
もう一度
受け入れようと歩み始める。
もう一度
立ち上がろうと応《こた》え始める。

宮城県気仙沼市

曙しょ光こう

あの日を
忘れてはならない。

不可能に見えても
困難と闘《たたか》う人たちがいた。

身の危険を顧《かえり》みず
手を差し伸べる人たちがいた。

声を枯《か》らして
捜索《そうさく》を続ける人たちがいた。

自分も飢《う》えているのに
食糧を分かち合う人たちがいた。

たどり着ける保証もなく
輸送車を走らせる人たちがいた。

遠くから何日もかけて
支援に駆《か》けつける人たちがいた。

名もなき人々が
あのときを照《て》らしていた。
心ある人々が
あのときを支《ささ》えていた。
それはこれからの世界の
土台となるべき人間の姿である。
あの日を
忘れてはならない。

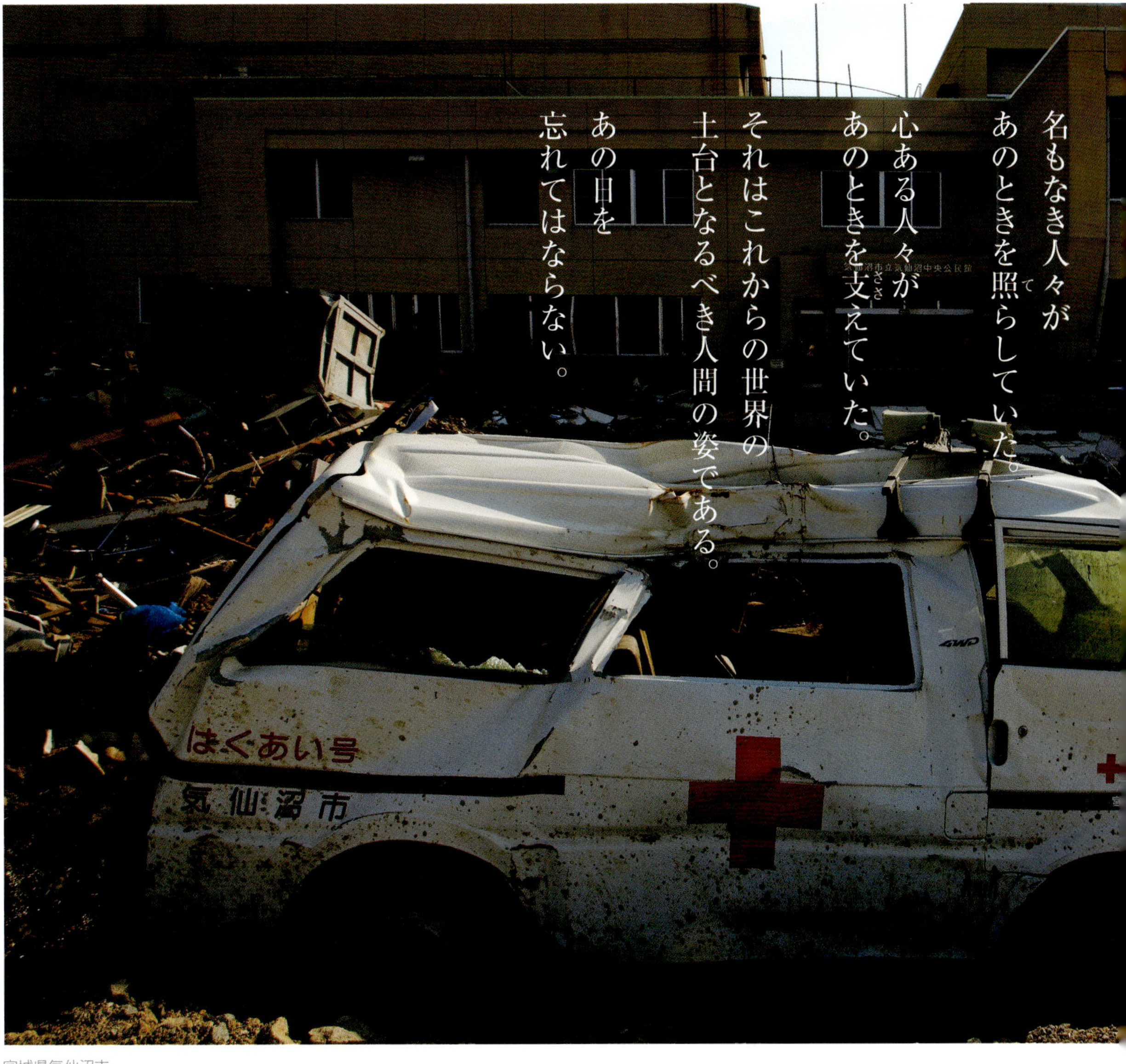

宮城県気仙沼市

君は感じているか
静かな闇《やみ》の中で
何が起こっているのかを。
君は知っているか
人々が眠りにつく夜に
交《か》わされている声を。

再生のために
闘《たたか》う土地に
休息の時はない。

無事なものも
壊《こわ》れたものも
生きている者も
死せる者たちも
何の隔《へだ》てもなく
寄り添《そ》い結びつき
一切《いっさい》がひとつになって
祈りと化《か》した
新しい力を
生み出そうとしている。
厳《おごそ》かな時が流れる
未明《みめい》の闇に
明日《あす》の光が
近づいている。

宮城県気仙沼市

一日で一番
暗いときに
曙光《しょこう》が射《さ》してくる。

一年で一番
寒いときに
春が芽《め》生《ば》えてくる。

人生で一番
苦しいときに
新しい道が開かれる。

闇《やみ》の底で
光が孕《はら》まれ
寒さのきわみに
生命《いのち》が宿り
困難の中で
可能性が研《と》ぎ澄《す》まされる。
この世界を
根底から支《ささ》える
希望の法則である。

宮城県仙台市

昇《のぼ》った陽《ひ》は
やがて傾き
沈《しず》まなければならない。
人は生まれたら
やがて老い衰《おとろ》え
死を迎えなければならない。

成長と衰退の曲線は
自然と人間を貫《つらぬ》いて
透徹《とうてつ》する理《ことわり》である。

しかし
その曲線を凌駕《りょうが》して
燃えるように
自然が輝《かがや》くときがある。

その理を超越して
人間の魂が
まばゆい光を放《はな》つときがある。

理に従い
理を超え出るもの――。
そのいのちの本質が
誰《だれ》の中にも息づいている。

北海道釧路市

風は
強ければ強いほどいい。
強風に鍛《きた》えられて
根を深く張るからだ。

流れは
激しければ激しいほどいい。
激流に磨《みが》かれて
輝《かがや》きが際立《きわだ》つからだ。

そして
忘れてはならない。

鍛えられて深くなるのも
磨かれて輝くのも
それだけの
力が備わり
それだけの
光が宿っているからだ。

強い風と
激しい流れが
一人ひとりの人間を形づくる。

宮城県気仙沼市

無理でも
無謀《むぼう》でも
走らなければ
ならないときがある。

勝ち目がなくても
あてがなくても
飛び込まなければ
ならないときがある。

そのときは
がむしゃらに
力を尽《つ》くすことだ。
我《われ》を忘れて
思い切り挑《いど》むことだ。

限界まで突き進むから
新しい自分に
出会うことができる。

爆発するほど圧《あつ》を高めるから
新しい現実を
結晶《けっしょう》させることができる。

まっすぐに
颯爽《さっそう》と
進まなければ
ならないときがある。

岩手県北上市

一つの場所に
佇《たたず》んでいても
君の前には
果てしない世界が
広がっている。

一つの時間しか
生きられなくても
君の前には
限りない未来が
続いている。

だから君は
いつどこにいても
宇宙と向き合い
永遠を想って
今を生きることができる。

いかなる
障害であろうと
不運であろうと
君のその魂を
奪《うば》うことはできない。

人生の輝《かがや》きは
ただ一度でも
無限のものである。
わずか一瞬でも
永遠のものである。

なぜなら
無常にさらされ
試練と孤独が襲《おそ》う
ままならぬ現実の中で
それでも人は
変わらぬものを求め
高みをめざして
自らを輝かせるからである。

忘れないでほしい。

人はいつでも
遥《はる》かな道を歩いている。
人は誰《だれ》でも
遥かな歌をうたっている。

地図にない国を求めて

苦難に堪《た》えて
歩み続ける人たちは
それだけで
希望の道を開いている。

投げることなく
屈《くっ》することなく
あきらめることなく
新しい世界に近づいている。

本当の希望とは
試練を消し去ることではない。
暗夜《あんや》の下《もと》でも
めざす星を抱《いだ》くことなのだ。

一人の試練が
一つの道を開くなら
千の試練は
千の希望を生み出すだろう。

一人ひとりの道が
築《きず》き上げる
地図にない国こそ
希望の王国である。

岩手県陸前高田市

日々は反復であり
歴史は輪廻《りんね》すると言う。
しかし――。

ただ昨日《きのう》があったから
今日があるのではない。
ただ今日があるから
明日《あす》があるのではない。

今日が今日になった
理由がある。
明日が明日になる
必然がある。

その隠《かく》れた理由に
応《こた》えるために
その秘《ひ》された必然を
結ぶために
私たちは生きている。

今日をつくり
明日を導く
見えない力を想い続けよう。
見えない絆《きずな》を想い続けよう。

茨城県かすみがうら市

世界に生きるものたちよ。
限りある時を尽《つ》くして
自らの歌を謳《うた》え。
たとえ生まれることが
血と土地に縛《しば》られ
時代に呑《の》み込まれることでも
たとえ歩むことが
試練を背負《せお》い
かなしみと出会うことでも

君たちは
未来をつくる種子《しゅし》
希望を運ぶ翼《つばさ》である。

今はまだ固く覆《おお》われていても
やがてその殻《から》を破って芽《め》を出し
明日《あす》に向かって伸びてゆくだろう。

今はまだ頼りなくても
やがてその翼を広げ
果てしない大空に羽ばたいてゆくだろう。

世界に生きるものたちよ。
限りある時を尽くして
自らの歌を謳え。

私は
その歌を聴き
それを語り継《つ》ぐものとなろう。

岩手県大船渡市

表皮という表皮が剥《は》げ落ち
その内実が
明らかになればいい。
饒舌《じょうぜつ》という饒舌が浮き上がり
その本心が
あらわになればいい。

そうなれば
誰《だれ》もが惑《まど》うことなく
本質を摑《つか》むことができる。
そうすれば
誰もが飾《かざ》ることなく
自らを生きることができる。

そのとき
間違いなく
その内なる闘《たたか》いによって
世界は熱を取り戻《もど》すだろう。
それぞれの願いによって
世界は光り輝《かがや》くだろう。

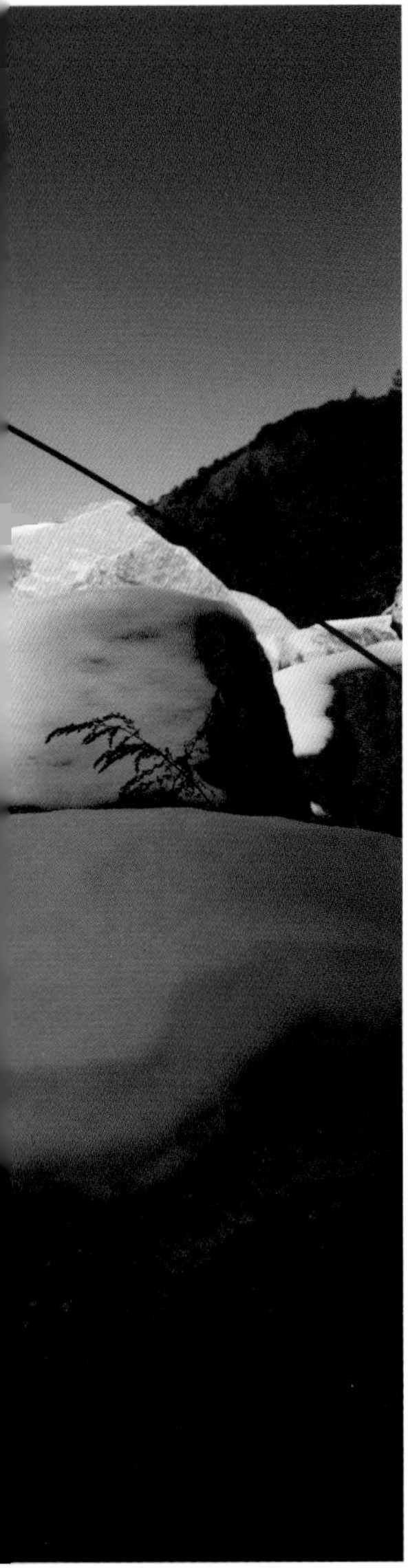

必要なのは
自然と人間
物質と生命
それらを別々ではなく
密《みっ》に照《て》らし合うものとするまなざし。

大切なのは
過去と未来
外界と内界
それらをばらばらではなく
厳《げん》に映し合うものとする生き方。

同じ重さ
同じ尊さ
同じ力
同じいのちを見出《みいだ》して
変わりなく対称の軸《じく》を保つ。

これからの
世界を生きる哲学と
時代をつくる思想が
求められている。

宮城県宮城郡

何もない荒野《こうや》が
見渡すかぎり
広がっている。

でも だからそこに
新しい道が開かれるのだ。

人影のない雪原《せつげん》が
果てしなく
続いている。

でも だからそこに
人間の足跡《そくせき》が印《しる》されるのだ。

前例のない重圧と
度重《たびかさ》なる試練が
人々を苛《さいな》んでいる。

でも だからここから
新しい歴史が始まるのだ。
新しい国が生まれるのだ。

北海道川上郡

「今」とは
一切《いっさい》を孕《はら》む混沌《こんとん》である。

ここから
光と闇《やみ》が生まれ
言葉と精神が流れ出し
過去と未来が紡《つむ》がれてゆく。

だから今
新しい物語を
始めよう。

あらゆる時と場が
託《たく》された意味を
取り戻《もど》すように。

すべての人生が
変わることのない
輝《かがや》きを放《はな》つように。

「今」とは
一切を形づくる母胎《ぼたい》である。

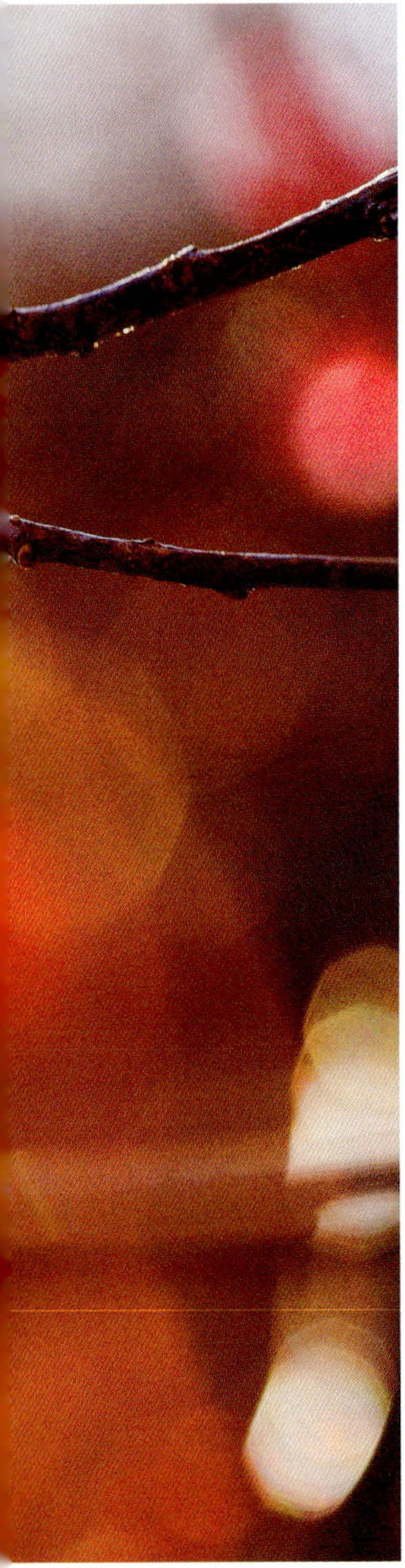

茨城県つくば市

星を継《つ》ぐ者となれ。

家族を想う
一人の心が
家々に灯《ひ》を点《とも》す。

街《まち》を想う
一人の願いが
界隈《かいわい》を息づかせる。

国を想う
一人の志が
人々の目覚《めざ》めをつないでゆく。

花がひらくように
星が燃えるように
一人ひとりの魂が
苦悶《くもん》の時代を照《て》らしている。

人は
その内側に
星を抱《いだ》く存在——。
気づかなくても
暗夜《あんや》を支《ささ》える
不滅《ふめつ》の光を抱《いだ》いている。

君よ
星を継ぐ者となれ。
そして煌《きら》めく星々の光を放《はな》て。

宮城県仙台市

著者プロフィール

高橋佳子（たかはし けいこ）

1956年東京生まれ。幼少の頃より、人間は肉体だけではなく目に見えないもう一人の自分――魂を抱く存在であることを体験し、「人は何のために生まれてきたのか」「本当の生き方とはどのようなものか」という疑問探求へと誘われる。

『心の原点』『人間・釈迦』などの著書で知られる父・高橋信次氏とともに真理（神理）を求める歩みを重ねた後、多くの人々との深い人間的な出会いを通じて、新たな人間観・世界観を「魂の学」――TL（トータルライフ）人間学として集成。現在、精力的に執筆・講演活動を展開しながら、TL経営研修機構、TL医療研究会、TL教育研究会などで様々な分野の専門家の指導にあたる。また、GLAでは、あらゆる世代の人々に向けて数々の講義やセミナーを実施する一方で、魂の次元に触れる対話を続けている。1992年より各地で開催している講演会には、これまでに延べ約60万人が参加。主な著書に『彼の地へ』『魂の発見』『果てなき荒野を越えて』『魂の冒険』『Calling 試練は呼びかける』『12の菩提心』『運命の方程式を解く本』『新・祈りのみち』『あなたが生まれてきた理由（わけ）』をはじめ、教育実践の書『レボリューション』『心のマジカルパワー』などがある（いずれも三宝出版）。

希望の王国　地図にない国を求めて

2013年4月30日 初版第一刷発行

著　者　　高橋佳子
発行者　　仲澤 敏
発行所　　三宝出版株式会社
〒111-0034 東京都台東区雷門2-3-10
電話 03-5828-0600　http://www.sampoh.co.jp/
印刷所　　株式会社アクティブ
写　真　　Kei Ogata
装　幀　　今井宏明

ISBN978-4-87928-081-7